AF317584

LES AVANT-POSTES

DU MARÉCHAL DE SAXE,

COMÉDIE

EN UN ACTE ET EN PROSE,

MÊLÉE DE VAUDEVILLES,

Par MM. MOREAU et DUMOLARD;

Représentée pour la première fois à Paris, sur le Théâtre du Vaudeville, le 28 novembre 1808.

Prix, 1 fr. 25 cent.

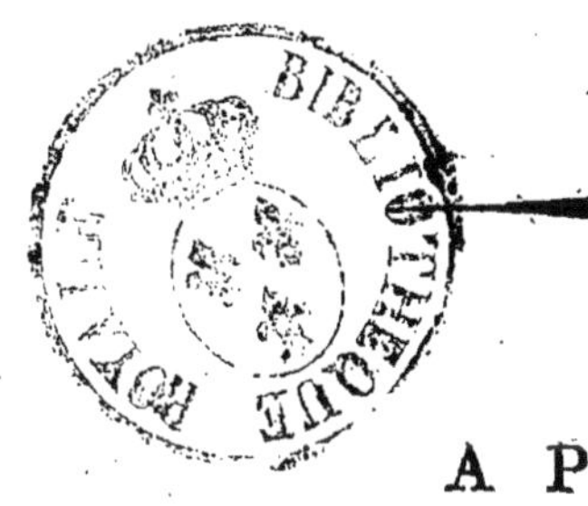

A PARIS,

Chez MARTINET, Libraire, rue du Coq, nᵒˢ 13 et 15.

IMPRIMERIE DE CHAIGNIEAU aîné.
1808.

PERSONNAGES.	ACTEURS.
LE MARÉCHAL DE SAXE,	M. VERTPRÉ.
FAVART, directeur de la Comédie suivant l'armée,	M. HENRY.
EUGÈNE, jeune aide-de-camp du maréchal de Saxe, ami de Favart, et amant aimé de Lisbeth,	Mᵐᵉ HERVEY.
LE MAJOR RUDMANN, officier autrichien, commandant de la place de Tongres, prisonnier de guerre,	M. FICHET.
LISBETH, sa nièce, jeune Allemande élevée à Paris,	Mˡˡᵉ DESMARES.
SANSREGRET, vieil invalide manchot, portier de la maison du Major : il est Français, et a servi l'Autriche,	M. HIPPOLYTE.
PREMIER ACTEUR, *Jeune premier,* de la troupe de Favart,	M. GUENÉE.
DEUXIÈME ACTEUR, *Financier,* idem,	M. FONTENAY.
TROISIÈME ACTEUR, *Valet*, idem,	M. JUSTIN.
UNE DUÈGNE, *idem*,	Mˡˡᵉ BODIN.
COMÉDIENS et COMÉDIENNES, *id.*	
SOLDATS et OFFICIERS FRANÇAIS suite du maréchal.	
UN CAPORAL,	M. CARLE.
UN CAVALIER D'ORDONNANCE,	M. CÉZAR.

La scène se passe au camp sous Tongres, en 1747. On voit dans le fond du théâtre le camp du maréchal de Saxe, et à droite du spectateur, et sur l'avant-scène, la maison du Major, qui est une des dernières du faubourg de Tongres.

LES AVANT-POSTES

DU MARÉCHAL DE SAXE,

COMÉDIE

EN UN ACTE ET EN PROSE,

MÊLÉE DE VAUDEVILLES.

SCÈNE PREMIERE.

SANSREGRET.

(Il sort de la maison du Major.)

OH! oh! bientôt deux heures, et M. le Major et sa nièce ne sont pas encore revenus! Ah! on sait bien qu'un prisonnier n'est jamais pressé de rentrer. Le Major, il est vrai, ne l'est que sur parole; mais cette parole-là, mille bombes, vous retient un soldat mieux que tous les verroux d'une prison. (*Après un moment de silence.*) Je vois ce que c'est; ils se seront amusés à examiner de loin les positions du maréchal de Saxe. C'est celui-là qui est un luron. Ah! Sansregret, mon ami, tu ne te consoleras jamais de n'avoir pas perdu ton bras à son service. Mille-z-yeux! j'ai beau avoir suivi les drapeaux de Marie-Thérèse, j'ai toujours le cœur français. Pourquoi ne suis-je plus ce que j'étais autrefois?

AIR : *C'est un agréable jardin.* (du *Locataire*.)

> Quand je réfléchis à mon sort,
> La colère souvent m'emporte.
> Autrefois j'attaquais un fort;
> Aujourd'hui je garde une porte.

Soldat de Mars et de l'Amour,
Je bloquais rempart et fillette :
Faut-il que pour moi, sans retour,
Le temps ait battu (*bis*) la retraite !

Mais j'aperçois mon commandant.

SCÈNE II.

SANSREGRET, LE MAJOR, LISBETH.

LE MAJOR, *en regardant le camp.*

Leur bosition n'être pas plis ténable qué rien di tout ; et ché foudrais avec douze cents hommes....... Ah ! faut-il que che sois prisonnier.

LISBETH.

Vous n'avez point été blessé, mon oncle.....

LE MAJOR.

Tarteff ! c'est bien ce qui me fâche, mâtemoiselle.

Air : *Contentons-nous d'une simple bouteille.*

Quand on ne peut suivre dans la carrière
Ses compagnons de gloire et de plaisirs,
Il faut au moins de son ardeur guerrière
Porter sur soi de nobles souvenirs.
D'un vieux soldat si l'attente est trompée,
Dans les périls où l'honneur l'emportait,
Il doit, avant de rendre son épée,
Avoir perdu le bras qui la portait.

SANSREGRET, *gaiement.*

Rassurez-vous, mon commandant ; ce n'est peut-être que partie remise.

LISBETH.

Ne pourrai-je jamais, mon oncle, vous consoler de ce malheur ?

(5)

LE MAJOR.

En être-t'il de plis grand, mâtemoiselle ?

AIR : *Quand on ne dort pas de la nuit.*

> Voir chaque jour nouveaux lauriers
> Du maréchal parer la tète !
> Le voir, malgré nos vieux guerriers,
> Jusques au sein de nos foyers
> S'établir par droit de conquète !
> Voir enfin chaque combattant
> Frapper ou tomber sans rien craindre !
> Et n'en pouvoir pas faire autant,
> N'est-ce pas (*bis*) ètre bien à plaindre ?

SANSREGRET, *à part.*

Je connais ce chagrin-là.

LE MAJOR.

Le major Rudmann, commandant de la place de Tongres, s'être vu forcé de rendre les armes à un planpec qui sort à peine des pâches !

LISBETH, *vivement.*

Songez donc, mon oncle, que M. Eugène est aide-de-camp du maréchal de Saxe.

LE MAJOR.

Oh ! je sâfre bien, mâtemoiselle, que vous êtes toujours prête à faire son éloge.

SANSREGRET, *à part.*

La nièce capitulerait plus facilement que l'oncle.

LISBETH.

Puis-je oublier que c'est à lui que j'ai l'obligation.....?

LE MAJOR, *vivement.*

De m'âfre fait prisonnier ?.....

LISBETH.

De demeurer près de vous dans votre maison du faubourg, qu'à sa prière le maréchal vous a laissée.

(6)

LE MAJOR.

Maurice, che le sais, être un ennemi chénéreux : mais sa cheune aide-de-camp........

LISBETH.

Fait tout ce qu'il peut pour adoucir votre sort.

LE MAJOR.

Et s'intéresse beaucoup trop au fôtre.

LISBETH, *vivement.*

Quoi ! vous croiriez, mon oncle ?

LE MAJOR.

Che connaître ces petits messiers ; eux ne se contentirent pas d'un genre de succès.

LISBETH.

Ah ! vous avez bien raison.

AIR *du Vaudeville d'Arlequin Musard.*

> Les Français, au plaisir fidèles,
> Quelque part qu'ils portent leurs pas,
> Sont aussi galans près des belles
> Que terribles dans les combats.
> Par leur courage et par leurs graces,
> Certains d'être deux fois vainqueurs,
> Après avoir soumis vos places,
> Ils vèulent soumettre nos cœurs.

LE MAJOR.

On foit bien, mâtemoiselle, que fous avre été élevée à Paris. Maïs vous aurez la bonté de ne plus tant fous occuper de cette M. Euchène.

(A Sansregret.)

Et toi, Sansregret, s'il se présente encore, je t'ordonne de repousser ses approches.

(On entend dans le lointain quelques coups de tonnerre.)

SANSREGRET.

Oui, mon commandant. *(A part.)* Mais je crains bien qu'il n'ait des intelligences dans la place.

(7)

LE MAJOR.

Allons, mâtemoiselle, le temps se mettre à l'orache;
rentrons, et sonchez bien à suivre mes folontés.

LISBETH.

Quoi ! mon oncle.....

LE MAJOR.

AIR *nouveau, de M. Doche,*
ou *Porte à ta pauvre mère* (d'*Ida*).

De ma douceur insigne
Vous abusez fraîment.
Rentrez, che vous consigne
Dans fotre appartement.

LISBETH.

Eh quoi! ne voir jamais
Cet aimable Français !
O contrainte cruelle !

LE MAJOR.

Sonchez, mademoiselle,
Que les parens, chez nous,
Choisissent les époux. (*bis.*)

LE MAJOR.

De cette résistance
Chai lieu d'être surpris;
Et vous croyez, che pense,
Etre encore à Paris.

SANS REGRET, *à part.*

Elle fait résistance,
Je n'en suis pas surpris :
Voilà bien l'influence
Du séjour de Paris.

Ensemble.

LISBETH, *à part.*

A voir la différence
Des mœurs et des esprits,
L'Allemagne, je pense,
Est bien loin de Paris.

(Le Major et sa nièce rentrent.)

SCENE III.

SANSREGRET, *seul.*

L'orage continue pendant toute cette scène et la suivante.

Voilà la jeune personne aux arrêts : et pour la seconde fois nous sommes en état de siége. Diable ! cela devient sérieux. L'ennémi nous serre de près : il campe sous nos murs ; et cette maison, qui est la dernière du faubourg, touche à ses avant - postes ; allons, Sansregret, mon ami, du courage et de l'adresse : songe qu'il ne faut pas être manchot pour déconcerter les manœuvres de ce petit diable d'aide-de-camp, qui est le bras droit du maréchal de Saxe.

Air : *Songez donc que vous êtes vieux.*

> Du vieux major ce fut par lui
> Que la valeur fut désarmée ;
> Et pour ce beau trait, aujourd'hui,
> Eugène est cité dans l'armée.
> Cependant on ne peut nier
> Qu'il n'ait ici manqué d'adresse ;
> Car s'il fit l'oncle prisonnier,
> Il porte les fers de la nièce.

Il fait un temps du diable. Rentrons, et n'oublions pas qu'une place de guerre doit être exactement fermée quand l'ennemi est en campagne.　　　　(*Il rentre.*)

SCÈNE IV.

L'orage devient plus fort, et le théâtre est dans l'obscurité.

FAVART, COMÉDIENS et COMÉDIENNES (1).

CHŒUR.

Air : *Ah ! maman, que je l'échappe belle !*

Ah ! grands dieux, que nous l'échappons belle !
Les hussards, la nuit,
L'éclair qui luit,

---

(1) Ils sont vêtus d'une manière comique, moitié habits de ville, moitié habits de théâtre.

(9)

La faim cruelle,
Tout ici nous poursuit,
Nous harcelle.
Enfans de Momus,
Il faut chanter notre *orémus*.

FAVART.

Ah! calmez cette frayeur mortelle.
Dans l'adversité,
A la gaîté
Toujours fidèle,
Mes amis, que chacun se rappelle
Que par ses concerts
Orphée est sorti des enfers.

CHŒUR.

Ah! grands dieux, etc.

FAVART.

Eh ! quoi, mes amis, voudriez - vous rester en si beau
chemin ? Nous ne pouvons être éloignés du camp français;
et il ne sera pas dit, j'espère, que la troupe de Favart,
aux ordres du maréchal Saxe, se soit découragée pour rien.

TOUS LES ACTEURS.

Pour rien !

Air *de l'Enfantine*, contredanse.

Ah! quel funeste voyage!
Quel épouvantable orage!
Ma foi, nous perdons courage;
Et plus loin ira
Qui voudra.

PREMIER ACTEUR.

En déroute,
Sur la route,
Mille accidens nous ont mis:
L'Ingénue
Est retenue
Par des hussards ennemis;
Ils enlèvent la Soubrette;
S'emparent de la Coquette;
En fuyant, Crispin se jette
Au beau milieu d'un fossé;
Arlequin par eux terrassé,

Sans être blessé,
En homme sensé,
Pour mort est laissé;
Mais, moins exercé,
Cassandre, empressé,
D'un soufflet est renversé.

LE CHŒUR.

Ah, quel funeste voyage! etc.

FAVART.

Amis, ayons le courage
De faire tête à l'orage;
Des fatigues du voyage
Le succès nous délassera.

Ensemble.

PREMIER ACTEUR.

Enfin, par ces bons apôtres
Le Vaudeville est pillé;
Et lui, qui drape les autres,
Se voit bien mal habillé.

DEUXIÈME ACTEUR.

Un dragon qui me reluque,
Faisant sauter ma perruque,
Laisse, hélas! ma pauvre nuque
En proie aux vents ennemis.

PREMIER ACTEUR.

Ces messieurs se sont tout permis,
Et de nos habits
Nous ont dégarnis.

LA DUÈGNE.

Ces hussards maudits
Etaient si hardis
Qu'enfin je ne puis
Dire tout ce qu'ils m'ont pris.

Ensemble.

FAVART.

Amis, ayons le courage, etc.

LE CHŒUR.

Ah! quel funeste voyage! etc.

FAVART.

Messieurs, je ne vous reconnais pas là.

Air : *Eh ! non, non, non, ce n'est pas là Ninette.*

Par un flon flon joyeux,
Vous qui charmez la ville ,
Avec emphase.
Vous fatiguez les dieux
D'une plainte inutile.
Gaiement.
Eh! non , non , non ,
Du riant Vaudeville ,
Eh ! non , non, non,
Ce n'est pas là le ton.

Laissez ces froids rimeurs,
Dont l'esprit est stérile ,
Pour attendrir les cœurs
Soupirer une idylle.
Eh ! non , non, non ,
Ce n'est, etc.

Ces diables d'Allemands ne nous ont-ils pas enfin laissés à l'approche du jour ?

DEUXIÈME ACTEUR.

Oui, dans une jolie situation. Nous avions passé la nuit à la belle étoile ; et pour comble de bonheur, ne voilà-t-il pas une seconde nuit qui revient ?

FAVART, *gaiement.*

L'orage ne peut durer.

PREMIER ACTEUR.

Il ne nous manquait plus que cela pour nous achever de peindre.

FAVART.

Je conviens que nous ressemblons un peu à la troupe du roman comique

DEUXIÈME ACTEUR.

Air : *Il est des amusemens.* (De *la Soirée orageuse.*)

Est-il pour un Financier
Un état plus misérable ?

PREMIER ACTEUR.

Voit-on un Jeune premier
Dans un costume semblable?

TROISIÈME ACTEUR.

Et moi, Valet infatigable,
Dans mille maisons éprouvé,
Faut-il me voir sur le pavé?

LA DUÈGNE.

Comment garder (*ter*) l'honneur farouche
    Qui convient à mon emploi,
    S'il s'engage une escarmouche (*bis*)
    Entre les hussards et moi.

FAVART, *gaiement.*

Soyez tranquille, ils n'y reviendront pas.

PREMIER ACTEUR.

Mais, qui nous rendra ce que nous avons perdu?

FAVART.

Messieurs, le maréchal de Saxe, dont nous avons l'hon—
neur d'être les comédiens ordinaires, nous dédommagera
de tous nos sacrifices. D'ailleurs, la caisse qui contenait
les recettes que nous avons faites à Bruxelles est restée
intacte entre mes mains.

TOUS.

Il a sauvé l'argent!

DEUXIÈME ACTEUR.

Messieurs, c'est un beau trait.

Air : *Tous les bourgeois de Chartres.*

    Admirez sa noblesse;
    Favart, dont le talent
    A rempli notre caisse,
    De son bras la défend.
    Maint caissier d'aujourd'hui,
    Animé d'un beau zèle,
    Comme lui l'eût sauvée ici,
    Mais aurait pu fort bien aussi
    Se sauver avec elle.

FAVART.

C'est cela, messieurs : on se console toujours d'un malheur en pensant qu'on pouvait en éprouver un plus grand.

DEUXIÈME ACTEUR.

Oui, fais de la morale : le moment est bien choisi.

FAVART.

Mes amis, mes amis, j'aperçois une maison; on ne peut nous y refuser l'hospitalité ; et c'est bien le cas, j'espère, de chanter pour qu'on nous donne asyle.

Air *du vaudeville de Haine aux hommes.*

Ainsi jadis d'un ménestrel
La muse indigente et joyeuse ,
A la porte d'un vieux castel
Touchait sa lyre voyageuse.
Tel château fort eût résisté
Aux attaques de la vaillance,
Qui, sans délais et sans défense ,
S'ouvrait aux chants de la gaîté.

Ces menestrels-là sont nos pères , et nous devons soutenir ici l'honneur de la famille.

(*Il s'approche de la porte.*)

DEUXIÈME ACTEUR.

Il s'agit bien de chanter , tandis que l'orage....

FAVART.

C'est le moyeu de ne pas l'entendre , et c'est un petit accompagnement obligé , qui soutiendra nos voix. Une invocation , mes amis : et que le tambourin m'accompagne, s'il n'est pas trop mouillé.

(*Il s'approche des fenêtres du Major.*)

Air : *La Boulangère a des écus.*

De la gaité, le dieu malin
En pleurant vous exhorte
A lui tendre aujourd'hui la main
D'une manière accorte :
Il meurt de froid, de soif, de faim ;

Ouvrez-lui votre porte,
Voisin,
Ouvrez-lui votre porte.

CHŒUR.

Il meurt de froid, etc.

FAVART.

Au son du joyeux tambourin,
Sa bruyante cohorte
Dissipe, en chantant un refrain,
La peine la plus forte.
Eprouvez-vous quelque chagrin?
Ouvrez-lui votre porte,
Voisin,
Ouvrez-lui votre porte.

CHŒUR.

Eprouvez-vous quelque chagrin, etc.

FAVART.

Comment ! pas un mot?

PREMIER ACTEUR.

Mon ami, je crois qu'ils te répondent en ronflant.

FAVART.

Ah ! les barbares ! ils accueillent le Vaudeville comme
on recevrait le Drame !

PREMIER ACTEUR.

Si nous n'avons pas d'autre gîte, je crains bien.....

FAVART.

Un moment, je vais leur donner du pathétique.

Même air.

De cet enfant vif et mutin,
La santé n'est pas forte:
Bivaquer pour lui n'est pas sain;
Et, trempé de la sorte,
Le laisseriez-vous sans chagrin
Sécher à votre porte,
Voisin?
Sécher à votre porte.

CHŒUR.

Nous laisseriez-vous sans chagrin, etc,

(15)

SANSREGRET, *dans la maison.*

Qui vive ?

FAVART.

Ils répondent, enfin. Ce que c'est que le sentiment !

SANSREGRET, *de la maison.*

Qui va là ?

FAVART, *à sa troupe.*

Eh bien, messieurs, vous plaindrez-vous encore ?

SANSREGRET, *en dedans.*

Qui vive ? on vous demande.

FAVART.

Ouvrez, de par Momus.

SANSREGRET.

De par Momus ! je ne connais pas ce mot d'ordre-là.
Allez chanter plus loin.

FAVART.

Nous nous soutenons à peine.

SANSREGRET, *ouvrant la fenêtre.*

Ah ! je vois ce que c'est ; ce sont des hommes dans le
vin.

FAVART.

Dites donc dans l'eau, morbleu !

SANSREGRET.

Que diable voulez-vous, par le temps qu'il fait ?

FAVART.

Passer, s'il est possible, quelques momens chez vous.

SANSREGRET.

Passez votre chemin. M. le major n'aime pas les vaga-
bonds.

FAVART, *aux Comédiens.*

Un major ! mes amis, nous sommes sauvés. (*Haut.*)
Quoi ! c'est ici la maison du major ?.....

SANSREGRET.

Sans doute, c'est la maison du major. Après ?

FAVART.

Ouvrez-vîte ; nous sommes ses meilleurs amis.

SANSREGRET.

Vous ! vos noms ?

FAVART.

Dites-lui que nous faisons partie de la troupe du maréchal de Saxe.

SANSREGRET.

De la troupe du maréchal de Saxe ! C'est différent.
Monsieur le major, monsieur le major. (*Il ferme la fenétre.*)

PREMIER ACTEUR, *à Favart.*

Le connaîtrais-tu, par hasard ?

FAVART.

Je ne l'ai jamais vu ; mais, puisqu'il est Français et
militaire, il est de nos amis. Vivat, messieurs.

Chœur d'Anacréon.

Nous allons avoir
Bon feu, bonne table ;
Un français aimable
Va nous recevoir.

SCÈNE V.

LES MÊMES, LE MAJOR RUDMANN, SANSREGRET.

LE MAJOR.

Suite de l'air.

Quels tiables de fous !
Fenir de la sorte
Crier à ma porte !
Que me vonloir fous ?

FAVART et LE CHŒUR.

A notre desir
Montrez vous propice ;
Rendre un bon office,
C'est prendre un plaisir.

SANSREGRET.

Ils n'engendrent pas de chagrin, ceux-là.

LE MAJOR.

Ne répontir fous qu'en chantant?

FAVART.

N'est-ce pas parler français ?

Air : *Chantons la Capucine.*

Daignez, mon capitaine,
Nous loger sans façons.
Entre nous, point de gêne:
Demain nous vous paierons
En flons, flons, flons, larira dondaine,
En gai, gai, gai, larira dondé.

LE CHŒUR.

En flons, flons, etc.

SANSREGRET, *à part.*

Il y a bien des gens qui paient leurs dettes comme ça.

LE MAJOR.

Tarteff ! finirez-fous? afec fos flons flons. Afrez-fous l'intention de fous moquer de moi?

FAVART.

En vous demandant asyle?

LE MAJOR.

Moi être exempt dans mon situation de locher des chens de guerre.

FAVART.

Oh ! nous sommes des gens très-pacifiques.

SANSREGRET, *à part, en les examinant.*
Pacifiques ! plaisans soldats !

LE MAJOR, *après les avoir regardés.*

Et, dans cet équipage, fous osez fous tire de l'armée du mâréchâl de Saxe !

FAVART.

Nous sommes sa troupe légère.

LE MAJOR.

Fous !

FAVART.

Air : R'lan tan plan, tambour battant.

> Oui , pour mieux déjouer les trames
> Des ennemis du nom français ,
> Nous leur lançons des épigrammes
> Quand il leur lance des boulets;
> Et sur les traces de l'armée ,
> D'une autre façon combattant ,
>   R'li, r'lan ,
> Momus accourt, mèche allumée ,
> Et r'lan tam plan, tambour battant.

SANSREGRET.

Plaisante artillerie !

FAVART.

Elle blesse souvent à mort.

LE MAJOR.

Et fous afre le front, petits chansonniers , de fous tire mes amis !

FAVART.

Ne le sommes-nous pas de tous ceux qui servent la France?

LE MAJOR.

Che ne sers que ma patrie , et che ne reçoivre point chez moi des afentiriers comme fous.

TOUS.

Des aventuriers !

FAVART.

Les comédiens de l'armée française ?

LE MAJOR.

Des comédiens fenir troubler mon repos !

FAVART.

M. le Major, au nom du maréchal de Saxe....

LE MAJOR.

Ne foyez fous pas bien que che être in des officiers de Marie-Thérèse.

FAVART.

AIR : *Vaudeville de l'Avare et son ami.*

Excusez mon étourderie :
C'est tout au plus si je connais
Des vaillans soldats de Marie
Les uniformes et les traits.
Malgré leur belliqueuse audace,
Depuis trois mois, notre héros
Leur fait si bien tourner le dos,
Que je n'ai pu les voir en face.

PREMIER ACTEUR, *à Favart.*

Tu arranges bien nos affaires.

LE MAJOR.

Ah ! c'en est trop ! et che ne souffrir point une pareille insulte.

SCÈNE VI.

LES MÊMES. (*On voit au fond du théâtre une patrouille française.*)

LE MAJOR.

Air : *Lubin a la préférence.*

A l'instant quittez la place;
Tremblez de m'irriter :
Ailleurs allez porter
Vos chansons et votre audace,
Ou je vous ferai déchanter.

SANSREGRET.

Faut-il cent fois vous le dire ?
Monsieur n'aime point à rire.

LE CAPORAL *avançant.*

D'où vient tout ce bruit?
Sans un sauf-conduit,
Qui peut au camp s'être introduit ?

LES COMÉDIENS.

Nous sommes des chansonniers.

LE CAPORAL.

Je vous consigne prisonniers.

LES COMÉDIENS.

Allons, voilà pour nous refaire!
Nous traiter ainsi !

FAVART.

Vous craigniez ici
D'être sans abri ;
Du moins la prison
Est-elle une maison.

PREMIER ACTEUR.

Nous voilà bien logés !

FAVART, *gaiement.*

Ma foi, messieurs, à la guerre comme à la guerre; et par le temps qu'il fait, on n'est pas difficile.

LE CAPORAL.

Marchons.

LE MAJOR.

C'est cela, caporal; faites fotre tefoir.

SANSREGRET, *à part.*

V'là les oiseaux en cage.

FAVART.

Conduisez-nous d'abord à votre général?

LE CAPORAL.

Il a bien autre chose à faire que de vous écouter, ma foi.

FAVART, *gaiement.*

Cela lui est cependant arrivé quelquefois.

LE CAPORAL.

Oh ! certainement ! s'il fallait les croire sur parole.....

SCÈNE VII.

(On entend un grand coup de tonnerre, le jour reparaît.)

LES MÊMES, EUGENE, LE MARÉCHAL DE SAXE, SUITE, ÉTAT-MAJOR.

EUGÈNE *accourant devant le Maréchal.*

Aux armes ! aux armes !

LE CAPORAL.

Air *du pas redoublé.*

Serait-ce notre général,
  Ramené par Bellonne ?
    (*Le Maréchal parait.*)
EUGÈNE.

Eh ! oui, c'est ce grand maréchal,
  C'est lui-même en personne.

FAVART, *courant au-devant de lui.*

Non, je le lis à ses regards,
  C'est le dieu de la guerre ;
Et Jupiter annonce Mars
  Par un coup de tonnerre.

*(Tous répètent le dernier quatrain, excepté le Major.
et Sansregret.*

Oui, je le lis, etc.

LE MARÉCHAL.

Messieurs, messieurs, laissons la fiction, je vous prie.
Monsieur Favart, je suis bien aise de vous voir.

LE MAJOR, *à part.*

Si le Mâréchâl n'a fait que te pareils soltats.....

LE MARÉCHAL, *à Favart.*

Je vous attends depuis deux jours : et ce retard....

FAVART.

N'en accusez que vous, général.

AIR : *J'ai vu par-tout dans mes voyages.*

Le pauvre petit Vaudeville,
Pour vous atteindre a beau courir,
Quand il entre dans une ville,
Vos soldats viennent d'en sortir.
Et peut-on, au siècle où nous sommes,
Vouloir, sans trop être exigeant,
Qu'un faible enfant suive des hommes
Qui marchent à pas de géant ?

LE MARÉCHAL.

Quand c'est vous qui le conduisez, monsieur, on l'at-
tend toujours avec impatience.

Même air.

De ce retard, avec adresse,
Votre bouche ici le défend ;
Vous montrez pour lui la tendresse
Qu'un bon père a pour son enfant.
Mais sur le sort de son pupille
L'heureux Favart ne peut trembler ;
Il a mené le Vaudeville
Aussi loin qu'il pouvait aller.

FAVART.

Il vous a rencontré fort à propos, monseigneur : sans vous, ses députés allaient chanter en prison.

SANSREGRET, *à part.*

C'aurait été dommage ; car ça fait de bons vivans.

EUGÈNE.

J'ai fait exécuter vos ordres, général ; les logemens sont prêts. (*Un peu plus bas, à Favart, et avec gaieté*) Je vous ai fait donner la plus belle maison de la ville.

FAVART, *lui prenant la main.*

Je reconnais bien là votre amitié.

LE MARÉCHAL, *à un officier de sa suite.*

Que l'on conduise ces messieurs ; et qu'on leur fasse porter de mon vin.

SANSREGRET, *à part.*

Pourquoi ne suis-je pas du régiment ?

LE MARÉCHAL.

Quand à ces dames (*Aux aides de camp qui l'entourent.*), je n'ai pas besoin, je crois, de vous les recommander.

EUGÈNE.

Nous ferons de notre mieux pour les bien recevoir.

FAVART, *aux comédiens.*

Vous le voyez, messieurs, le vaisseau touche au port.

EUGÈNE, *aux comédiens.*

Et ne craindra plus d'orage.

AIR : *De ma barque légère.* (d'*Anacréon.*)

Soldats de la folie,
Escortez nos drapeaux;
Que le son des pipeaux
A nos tambours s'allie.
Dans son camp redouté,
Un héros nous rassemble ;
Faisons marcher ensemble
Gloire et gaîté.
Des dieux les soins propices
Sauveront des hasards
Momus, sous les auspices
Du plus cher favori de Mars.

LE MARÉCHAL.

Chez les Français , messieurs, ils sont inséparables.

FAVART, *aux comédiens.*

Premier chœur des Petits Savoyards.

Sans craindre, enfans de la gaité,
Que de flatterie on nous taxe,
Du maréchal de Saxe
Chantons la gloire et la bonté.

LE MAJOR, *à part.*

Ah! quelle extravagance!
Dans un camp,
Un spectacle ambulant !

LE MARÉCHAL, *à part.*

Je veux de leur présence
Tirer ici
Très-bon parti:
La gaîté, le chant, la danse . . .

TOUS.

La danse.

LE MARÉCHAL.

Aux Français plaisent toujour.

TOUS.

Toujours.

LE MARÉCHAL.

Un refrain vaut mieux qu'un discours
Pour électriser leur vaillance.

EUGÈNE et LES SOLDATS, *à la deuxième reprise.*
Sans craindre, enfans de la gaité,
Que de flatterie on vous taxe,
Du maréchal de Saxe
Chantez la gloire et la bonté.

CHŒUR.
Sans craindre, enfans de la gaité,
Que de flatterie on nous taxe,
Du maréchal de Saxe
Chantons la gloire et la bonté.
(*Les Comédiens et les Soldats sortent.*)

SCÈNE VIII.

LES MÊMES, à l'exception des **COMÉDIENS** et
DES SOLDATS.

LE MARÉCHAL.
Vous, Favart, demeurez (*Montrant Eugène.*); monsieur
vous communiquera mes projets.

LE MAJOR, *à part.*
Un chénerâl communiquer ses projets à un tirecteur de
comédie !

SANSREGRET.
Mon commandant, je retourne à mon poste. (*Il rentre.*)

LE MARÉCHAL.
Quel est cet officier ?

EUGÈNE.
M. le maréchal, c'est le major Rudmann.

LE MARÉCHAL.
Ah ! ah ! votre prisonnier, monsieur ! Mon cher Favart,
vous voyez mon nouvel aide-de-camp. Vous l'avez connu
page, et bornant ses exploits à des espiégleries ; il marche
maintenant dans le chemin de la gloire.

EUGÈNE, *vivement.*
Je vous suis, monseigneur.

FAVART.

« Craint-on de s'égarer sur les traces d'Hercule ? »

LE MARÉCHAL.

Ce petit diable-là m'a pourtant sauvé la vie !

EUGÈNE.

Cela n'est pas généreux, monseigneur ; vous me le re-
prochez toujours.

AIR : *Dorilas, contre moi, des femmes.*

Mon cœur, bien plus que ma vaillance,
M'imposait cette noble loi ;
Mais, en pareille circonstance,
Qui n'en eût fait autant que moi ?
Secourant la France alarmée,
Quand j'exposai mes jours pour vous,
Si je me fis des amis dans l'armée,
J'ai fait encor plus de jaloux.

LE MAJOR, *à part.*

Saufer son chénérâl, et me faire brisonnier ! tarteff !
est-il heureux !

LE MARÉCHAL.

On dit, monsieur le Major, que vous avez bien défendu
votre place.

LE MAJOR.

De mon mieux, chénérâl.

LE MARÉCHAL.

Vous pouvez donc compter sur l'estime de Maurice ; il
honorera toujours la valeur malheureuse.

SCÈNE IX.

LES MÊMES, LISBETH.

LISBETH.

Ah ! mon dieu, mon dieu ! mon oncle, je vous cherche
par-tout.

EUGÈNE, *à part.*

Lisbeth ! quel bonheur !

LISBETH, *à part.*

Il est ici ; je ne m'étais pas trompée.

LE MAJOR.

D'où fient cet effroi, mâtemoiselle ?

LISBETH.

Le bruit m'avait attirée vers la fenêtre, mon oncle ; et la peur commençait à me prendre, lorsque j'ai entendu prononcer le nom de monseigneur. M. Eugène, qui ne le quitte jamais, nous en a dit tant de bien, que je n'ai pu résister au desir de le voir.

LE MAJOR.

Parton, monsieur le Mâréchâl, si cette petite. . . .

LE MARÉCHAL.

Pourquoi donc ? je ne lui dois ici que des remercie-mens. (*A Eugène.*) Vous ne m'aviez pas dit, monsieur, que le major Rudmann eût une nièce si jolie ?

EUGÈNE, *à part.*

Je m'en serais bien gardé. (*Haut.*) Monseigneur a tant d'autres soins importans. . . . . .

LE MARÉCHAL, *à part.*

Cette jeune Allemande est fort bien.

EUGÈNE, *à part.*

Ah ! mon dieu ! comme il la regarde !

LE MARÉCHAL, *à Lisbeth.*

Approchez, mon enfant : si Maurice s'applaudit quelque-fois de faire fuir les ennemis, il ne se consolerait pas de faire fuir les dames.

LISBETH, *vivement.*

Ah ! monseigneur, je ne demande pas mieux que de rester.

FAVART, *à part.*

La petite personne est ingénue.

LE MARÉCHAL.

Elle est charmante.

EUGÈNE, *à part.*

Elle avait bien besoin de venir ici.

LE MAJOR.

Monseigneur est trop bon.

LE MARÉCHAL.

Je me reproche, monsieur le major, de n'avoir pu recevoir encore votre visite. A-t-on pour vous tous les égards.....?

LE MAJOR.

Je ne me plains pas, chénéral.

LISBETH, *vivement.*

Oh! monseigneur, nous ne manquons de rien; et M. Eugène.....

LE MARÉCHAL, *en regardant Eugène avec intention.*

Ah! ah! monsieur Eugène.....

EUGÈNE, *vivement.*

A deviné vos intentions, monseigneur (*A part.*); et les devine encore.

LE MARÉCHAL.

Je veux réparer mes torts envers vous, Major; et je vous emmène dîner au quartier-général.

EUGÈNE, *à part.*

Il emmène l'oncle! il a des projets sur la nièce.

LE MAJOR.

C'être beaucoup d'honneur, monsieur le Mâréchâl.

LISBETH, *au Major.*

Quand je vous disais, mon oncle, qu'il était bien aimable.

EUGÈNE, *à part.*

Oh! comme elle est coquette!

LE MARÉCHAL.

Ce séjour, aimable enfant, n'est pas pour vous bien agréable; et vous n'êtes entourée ici que d'objets peu faits pour vous plaire.

LISBETH, *vivement, regardant Eugène.*

Bien au contraire, monseigneur,

LE MARÉCHAL, *le regardant aussi.*

Ah ! bien au contraire !

EUGÈNE, *un peu embarrassé.*

Mademoiselle Lisbeth a tant d'amitié pour son oncle !...

LE MARÉCHAL, *regardant Eugène avec intention.*

Mademoiselle a-t-elle beaucoup d'amitié pour son oncle ?
(*A Lisbeth.*) Je l'en félicite.

LISBETH, *un peu troublée.*

C'est bien naturel, monseigneur ; il m'a servi de père.

LE MAJOR.

C'être tout l'héritage que m'a l'aissé mon frère.

LE MARÉCHAL.

Comment donc ; mais c'est une fort jolie succession.

FAVART, *à part.*

Il est toujours le même.

LE MARÉCHAL.

Le devoir m'appelle au quartier-général ; je suis à vos
ordres, Major, et veux faire avec vous plus ample connais-
sance.

EUGÈNE, *à part.*

Ah ! monseigneur, je vous vois venir.

LE MARÉCHAL.

Sans adieu, mademoiselle ; je serais inconsolable de n'a-
voir pas aujourd'hui visité mes avant-postes.

AIR : *Je regardais Madelinette.*

Pour moi, quelle aimable surprise !
Ce matin, j'ignorais encor
Que la ville que j'avais prise
Renfermait un pareil trésor.

(*Au Major.*)

Major, l'honneur nous fit combattre ;
A table luttons plus gaiment :
Si je suis Français pour me battre,
Pour boire je suis Allemand.

EUGÈNE, *à part.*

Je devine ce qu'il veut faire ;
Défendons-nous bien en ce jour ;
Et s'il est vainqueur à la guerre,
Tâchons de le vaincre en amour.

LE MARÉCHAL, *à part.*

Au champ d'honneur, comme à Cythère,
Je prétends marcher tour-à-tour :
On peut, sans négliger la guerre,
Donner un instant à l'amour.

LISBETH, *à part.*

L'amour et la raison sévère
Luttent dans mon cœur en ce jour :
Faut-il donc que, dans cette guerre,
L'avantage reste à l'amour ?

Ensemble.

FAVART, *à part,*

Comme un fils qui chérit son père,
Maurice, jusqu'au dernier jour,
S'il dicte des lois à la guerre,
Recevra celles de l'amour.

LE MAJOR, *à part.*

De ma nièce, gardien sévère,
Souvenons-nous bien en ce jour
Que, si nous rusons à la guerre,
On ruse encor plus en amour.

LE MARÉCHAL, *regardant Lisbeth.*
Ici, tout est fait pour me plaire.

EUGÈNE, *à part*
Oui, je crois m'en apercevoir.

LE MARÉCHAL.
Mais il faut, chez un militaire,
Que le plaisir cède au devoir.

Ensemble.

> EUGÈNE, *à part.*
> Je devine ce qu'il veut faire, etc.
>
> LE MARÉCHAL, *à part.*
> Au champ d'honneur, etc.
>
> LISBETH, *à part.*
> L'amour et la raison sévère, etc.
>
> FAVART, *à part.*
> Comme un fils qui chérit son père, etc.
>
> LE MAJOR.
> De ma nièce, gardien sévère, etc.

(Le maréchal conduit Lisbeth par la main jusqu'à la maison de son oncle. Signes d'intelligence entre Eugène et elle.)

LE MARÉCHAL, *à Eugène.*

Vous ne me suivez pas, monsieur?

EUGÈNE.

Monseigneur oublie qu'il m'a chargé de parler à M. Favart.

LE MARÉCHAL.

Ne tardez pas à me rejoindre.

(Il sort avec le major et toute sa suite.)

SCÈNE X.

M. FAVART, EUGÈNE.

EUGÈNE, *vivement.*

Ah! mon ami, je ne prévois que trop les projets du Maréchal.

FAVART, *gaiement.*

Vous êtes donc plus fin que l'ennemi.

EUGÈNE.

C'est que l'ennemi n'approche pas comme moi de monseigneur.

FAVART.

Mais qui peut vous troubler?

EUGÈNE.

Mon cher Favart, je n'ai rien de caché pour vous. Vous

m'avez connu étourdi , léger , inconséquent , poursuivant toutes les femmes , et n'en aimant pas une; enfin, vous m'avez vu page : mais je suis bien changé. Ce n'est plus cet Eugène qui bravait les verroux , qui forçait les consignes , franchissait les murailles , escaladait les fenêtres , et qui, pour satisfaire la moindre fantaisie , ne se faisait qu'un jeu de compromettre une femme. J'aime , mon ami ; j'aime véritablement. Vous l'avez vue ; elle est là ; c'est la nièce du Major ; mais mon respect égale mon amour ; voyez si je suis discret ; personne ne le sait encore. J'aimerais mieux mourir que d'exposer sa réputation : et j'ai compté sur vous, mon cher Favart, pour me procurer les moyens de m'introduire chez elle en l'absence de son oncle.

FAVART, *avec ironie.*

Mais voilà ce qui s'appelle une réforme complète.

EUGÈNE.

Oh! mon ami, je n'ai que des vues légitimes.

FAVART.

Que n'en faites-vous part au Major ?

EUGÈNE.

Est—ce que vous ne connaissez pas ces gens-là ?

AIR *nouveau, de M. Doche ;*
ou *Dans nos bals , c'est la méthode.*

Du temple heureux de Cythère ,
Les vieillards, qui sont exclus ,
Sont fâchés de nous voir faire
Un chemin qu'ils ne font plus.
Des plaisirs dont ils s'abstiennent
Ils cherchent à nous priver,
Et voudraient, quand ils reviennent,
Nous empêcher d'arriver.

FAVART.

Mon cher Eugène , c'est à vous que je dois d'être directeur des comédiens de son altesse (*Gaiement.*); et puisque vous n'avez que des vues légitimes , . . . je vous suis tout dévoué.

EUGÈNE

Mais c'est qu'il n'y a pas un instant à perdre. Le Maréchal ne s'avise-t-il pas d'aller sur mes brisées ?

FAVART.

Quoi! tout de bon, vous le croyez ?

EUGÈNE.

Près d'une jolie femme, je le crois capable de tout. Et
n'avez-vous pas vu comme il la regardait ?

FAVART.

Bon ! quelle idée! et pour quelques mots d'amitié!...

EUGÉNE.

D'amitié dites-vous? oh! je connais le Maréchal.

AIR : *Mon ami, combien tu t'abuses !*
(Dés *Chevilles de Maître Adam*).

De cette sympathie heureuse,
Maurice éprouve la douceur;
Et son amitié précieuse
Sut me guider au champ d'honneur.
Mais ce sentiment près des belles
N'est pour lui qu'un heureux détour ;
Et l'amitié qu'il a pour elles
Ressemble beaucoup à l'amour.

FAVART.

Je ne l'ai que trop éprouvé.

EUGÈNE.

Mais si vous oubliez , monseigneur, que vous êtes maréchal de France, je n'oublierai pas , moi, qu'il n'y a que
trois mois que j'étais encore page. Et pour commencer....
(*Il court frapper à la porte.*)

FAVART.

Etourdi ! que faites-vous ?

EUGÈNE.

AIR : *Le briquet frappe la pierre.*
J'attaque la forteresse.
FAVART. (*Il montre sa gourde.*)
Mon ami, mauvais moyen :

Par la force, on n'obtient rien :
On obtient tout par adresse.
Amant, abbé, courtisan,
Gens par-tout s'introduisant,
N'y parviennent qu'en rusant.
Pour forcer le vieux Cerbère
A ne plus nous dire non,
Voilà qui vaut du canon ;

(*Il montre sa gourde.*)

Et je veux, armé d'un verre,
Sans éveiller le soupçon,
Endormir la garnison.

SCÈNE XI.

LES MÊMES, SANSREGRET.

SANSREGRET.

Qui diable frappe encore ? (*Il ouvre.*)

EUGÈNE.

C'est nous, mon vieil ami.

SANSREGRET.

J'en suis fâché, mon officier ; mais, en l'absence du gouverneur, personne n'entre dans la place.

FAVART.

Nous ne voulons pas non plus forcer votre consigne.

SANSREGRET.

Eh ! que voulez-vous donc ?

FAVART, *débouchant une petite gourde.*

Vous remercier, mon cher, de vos bonnes intentions.

EUGÈNE.

Oui vraiment : c'est monsieur. . . . .

SANSREGRET, *à demi-voix.*

Sansregret, mon ami, ne te laisse pas gagner ?

EUGÈNE, *à part.*

Peste soit du geolier. (*Sous la fenêtre.*) Lisbeth, Lisbeth ! c'est moi.

(34)

SANSREGRET, *à Favart.*

Qu'ai-je donc tant fait pour vous ?

FAVART.

Ce que vous avez fait ? ah ! voilà bien les belles ames.
Mais vous avez beau dissimuler, je l'ai vu.

SANSREGRET, *à demi-voix.*

Si je sais ce qu'il veut dire, je veux que le diable m'em-
porte. (*Haut.*) Eh ! qu'avez-vous donc vu ?

EUGÈNE, *à part, sous la fenêtre.*

Elle ne m'entend pas.

FAVART.

L'intérêt que tantôt vous preniez à mon sort, quand
votre commandant......

SANSREGRET.

Cet intérêt-là, j'espère, était bien naturel ; car, tel que
vous me voyez, j'ai l'honneur d'être Français.

EUGÈNE, *revenant auprès de Sansregret.*

C'est un compatriote !

SANSREGRET.

J'aime la gaieté, morbleu !

EUGENE.

C'est ce qui soutient le soldat.

AIR : *Eh, ma mère, est-ce que j'sais ça ?*

> Quand, frappé de léthargie,
> Le flegmatique Autrichien,
> Dans son camp fume et s'ennuie,
> Le Français rit dans le sien ;
> Et pour nous, qui savons faire
> Bon emploi de nos loisirs,
> Le théâtre de la guerre
> Devient celui des plaisirs. (*bis.*)

(*Bas à Favart.*) Tâchez de le retenir. (*Il court à la porte.*)

SANSRSGRET., *à Favart.*

Mais monsieur le général de comédie ne voudrait pas

sans doute me faire manquer le service ; et je lui baise bien
les mains.

E U G È N E , *revenant.*

Quoi! sans trinquer ensemble !

S A N S R E G R E T.

On m'a mis en vedette , et je ne peux pas quitter.

E U G È N E.

Raison de plus pour boire , mon ami.

A I R : *Tenez , moi , je suis un bon homme.*

> Bacchus sert le dieu de la guerre ;
> J'aime leur double carillon;
> Et dans les camps le choc du verre
> Doit s'unir au bruit du canon.
> Si le bon vin a des amorces,
> Au soldat il est bien permis
> De chercher à prendre des forces,
> Pour les ôter aux ennemis.

(*A part.*) Elle ne descendra pas.

S A N S R E G R E T.

Je suis bien de votre avis ; mais le devoir.....

F A V A R T.

Je ne méritais pas ce procédé–là. Me laisser boire tout
seul !

S A N S R E G R E T , *à part.*

Il me fend l'ame, vraiment. (*Haut.*) Moi! manquer de
procédé ! Je ne tiens pas à ce reproche. Il ne sera pas dit
que Sansregret ne sait pas la politesse. (*Il prend le petit
coco de cuir que lui a présenté Favart.*)

F A V A R T.

Voilà ce qui s'appelle parler.

> (*Il boit ; et pendant ce temps Lisbeth paraît sur sa
> porte, et Eugène court à elle.*)

S A N S R E G R E T , *après avoir bu.*

Etes–vous content , morbleu ?

F A V A R T , *apercevant Lisbeth.*

Nous ne demandions que ça.

SCÈNE XII.

LES MÊMES, LISBETH.

(Lisbeth sur la porte à droite du spectateur ; Eugène
près d'elle ; Favart à gauche, tient un bras sur l'épaule
de Sansregret, le fait boire, et l'empêche de retourner
la tête.)

EUGÈNE.

Ah ! ma chère Lisbeth, que je suis aise de vous voir !

LISBETH.

Imprudent que vous êtes ! si mon oncle rentrait !....

FAVART, *à Sansregret.*

A votre santé, mon brave.

LISBETH, *à Eugène.*

Sansregret peut vous voir.

EUGÈNE, *à Lisbeth.*

Bon ! c'est un imbécille.

SANSREGRET, *trinquant avec Favart.*

C'est bien de l'honneur pour moi.

(Il va pour se retourner.)

FAVART *l'en empêchant.*

Voilà comme je vous aime.

SANSREGRET, *à Favart.*

Je ne me suis pas trompé : vous êtes un bon vivant ;
mais, comment diable faites-vous pour être toujours si gai ?

FAVART, *à Sansregret.*

Je prends le temps comme il vient ; et quand cela peut
me déplaire, je ne regarde jamais ce qui se passe à côté
de moi.

SANSREGRET, *gaiement.*

Ma foi, ni moi non plus.

EUGÈNE *à Lisbeth.*

C'est comme moi près de vous.

LISBETH, *à Eugène, qui lui baise la main.*

Vous n'êtes pas raisonnable.

FAVART.

Air : *Il faut que l'on file file file.*

> Les dieux ont mis sur la terre
> Le chagrin et le plaisir :
> Celui-ci n'avance guère,
> Quand l'autre semble courir.
> Tous deux parcourent l'espace ;
> Et lorsque le plaisir passe,
> Il m'entraîne sous sa loi ;
> Mais le chagrin passe, passe, passe,
> Sans s'arrêter devant moi.

ENSEMBLE.

> Oui, le chagrin passe, passe, passe,
> Sans s'arrêter devant moi.

EUGÈNE, *à Lisbeth.*

J'ai reçu l'ordre de partir à sept heures pour Maestricht.

LISBETH.

Vous partez ?

EUGÈNE, *à Lisbeth.*

J'y verrai madame votre tante.

FAVART, *à Sansregret.*

C'est donc vous qui gardez la nièce du Major ?

SANSREGRET.

Ah ! ne m'en parlez pas : elle me fera tourner la tête.

FAVART, *à part.*

Je t'en empêcherai bien.

EUGÈNE, *à Lisbeth.*

Elle a quelque crédit auprès du prince Charles ; je sais qu'elle sollicite l'échange du Major, et si je rapportais à votre oncle cette bonne nouvelle, il consentirait peut-être...

LISBETH.

Ma tante approuve notre amour ; et si je croyais qu'une lettre pour elle.......

EUGÈNE.

J'allais vous la demander.

LISBETH.

Mais elle n'est pas écrite; et comment vous la remettre ?

SCENE XIII.

LES MÊMES, LE MARÉCHAL, plusieurs
Aides-de-camp.

LE MARÉCHAL, *à part, au fond du théâtre.*

Bercaville retient le major Rudmann, et je suis curieux
de voir si cette petite Allemande..... Mais qu'aperçois-je !
Eugène est auprès d'elle ! Ecoutons.

(*Il fait signe à sa suite de se retirer.*)

EUGÈNE, *à Lisbeth.*

A sept heures, ce soir, je serai sous vos fenêtres.

LE MARÉCHAL, *à part, au fond du théâtre.*

Un rendez-vous ! Ah ! le petit coquin. Mais j'y mettrai
bon ordre.

SANSREGRET, *à Favart.*

AIR *de la Walse du* Pauvre Diable.

Comme le vin rajeunit la vieillesse !
Moi, quand j'en bois, je n'ai que dix-huit ans.

EUGÈNE, *à Lisbeth.*

Je jure ici de vous aimer sans cesse.

LISBETH, *à Eugène.*

Mon cœur répond à ces doux sentimens.

FAVART, *au milieu de la scène.*

De nos erreurs, c'est le tableau fidèle :
A ses desirs, tremblant de succomber,
Lorsque là-bas l'innocence chancelle,
Ici l'Argus est tout prêt à tomber,

LE MARÉCHAL, *à part, au fond.*
Pour triompher d'une jeune maîtresse,
Vous vous croyez plus fin qu'un vieux guerrier;
Mais vous comptez trop tôt sur votre adresse,
Et rira bien qui rira le dernier.

SANSREGRET.
De boire un coup, quand un ami me presse,
Jamais deux fois je ne me fais prier;
Au cabaret, par pure politesse,
Le premier j'entre, et j'en sors le dernier.

LISBETH, *à Eugène.*
D'objets nouveaux vous occupant sans cesse,
Volage amant, mais fidèle guerrier,
Vous avez fait cent fois même promesse :
Ce serment-là sera-t-il le dernier?

EUGÈNE, *à part.*
Ah! monseigneur, aujourd'hui votre altesse
Veut, pour le myrte, oublier le laurier;
Mais j'ai pour moi son cœur et mon adresse,
Et rira bien qui rira le dernier.

FAVART.
Buveur, amant, qu'une égale ardeur presse,
Sont tous les deux sujets à s'oublier :
Près de l'objet qui cause leur ivresse,
Leur premier mot n'est jamais le dernier.

Ensemble.

(*Lisbeth rentre à la fin du morceau d'ensemble.*)

SCÈNE XIV.

LES PRÉCÉDENS; excepté LISBETH.

LE MARÉCHAL (*avançant*) , *à Eugène.*
Encore ici , monsieur?
EUGÈNE, *à part.*
Le maréchal! ô ciel! M'aurait-il entendu?
LE MARÉCHAL.
Ne vous ai-je pas ordonné de me rejoindre?
EUGÈNE.
Excusez-moi, monseigneur; mais j'expliquais à monsieur
Favart.....

SANSREGRET, *gris.*

Ma foi, mon général, je vous fais mon compliment ; vous avez là un homme (*Montrant Favart.*) qui vaut son pesant d'or. Il vous est d'une gaieté...... et vous verse d'un vin.....

FAVART, *bas à Sansregret.*

Te taïras-tu, bavard ? (*Haut.*) Oui, monsieur le Maréchal, il me mettait au fait.....

LE MARÉCHAL, *à Favart, avec ironie.*

Ah ! ah ! vous mettait-il au fait ?.....

EUGÈNE, *avec intention.*

Oui, monseigneur. J'apprenais à M. Favart que vous devez demain livrer une grande bataille ; qu'occupé tout entier de cet important projet (*Appuyant.*), nul motif étranger ne pouvait vous en distraire ; que retiré dans votre tente, vous ne songiez qu'aux moyens d'assurer la victoire, et que vous desiriez qu'au spectacle ce soir un refrain militaire annonçât à l'armée la nouvelle moisson de gloire que lui prépare son altesse.

FAVART.

Oui, monsieur le Maréchal ; et nous cherchions ensemble......

LE MARÉCHAL, *à Eugène, avec ironie.*

Je vous remercie, monsieur, de votre promptitude à exécuter mes ordres, et du soin que vous prenez de ma réputation.

SANSREGRET.

Comme on va chanter dans le camp ! Mille bombes ! Mon général, ce luron-là me fait regretter encore plus de n'être pas sous vos drapeaux ; et si le bras qui me reste peut vous être agréable......

LE MARÉCHAL, *à Sansregret.*

Taisez-vous.

SANSREGRET.

Je me tais , mon commandant.

(A part ,en rentrant dans la maison du Major.)

Ça m'est égal , toujours : le maréchal m'a parlé. Taisez-vous. . . . . ça fait plaisir.

SCÈNE XV.

LE MARÉCHAL, EUGÈNE, FAVART.

LE MARÉCHAL , *à part.*

N'oublions pas le rendez–vous de sept heures.

EUGÈNE.

Monseigneur n'avait pas d'autre ordre à me donner ?

LE MARÉCHAL.

Vous partirez, monsieur , à six heures pour Maestrich.

EUGÈNE , *à part.*

O ciel ! se douterait-il ! (*Haut.*) Il me semblait, monseigneur, que ce n'était qu'à sept. . . . .

LE MARÉCHAL.

Vous m'entendez , monsieur.

FAVART , *à part.*

J'en serai pour mon vin et pour ma rhétorique.

EUGÈNE , *à part.*

Comment prévenir Lisbeth ? (*Haut.*) Monseigneur aurait-il à se plaindre de moi ?

LE MARÉCHAL.

Qui vous dit cela , monsieur ?

EUGÈNE.

On se bat demain , monseigneur ; et vous me faites partir.

AIR *de Calpigi.*

M'éloigner de votre personne ,
Lorsqu'une nouvelle couronne
Demain va ceindre votre-front,
Pour moi, quel plus sanglant affront!

Moi, fuir le champ de la victoire !
Mes jeunes compagnons de gloire
N'auraient qu'à mourir sous vos yeux,
Tout le bonheur serait pour eux.

LE MARÉCHL, *à part.*

Cela n'est pas mal adroit. (*Haut.*) Rassurez-vous, monsieur.

AIR : *Permettez, je vous en supplie* (de *la Jeune-Mère*).

Il est, pour le sujet fidèle,
Cent moyens de servir son roi :
Sûr d'ennoblir tout par son zèle,
Il ne dédaigne aucun emploi ;
Et le soldat, dont l'ame allie
La discipline à la valeur,
Quelque poste qu'on lui confie,
Sait en faire un poste d'honneur.

Allez m'attendre, monsieur, au quartier-général.

EUGÈNE, *à part.*

O ciel ! tout est perdu. (*A Favart.*) Empêchez-le, du moins, de parler à Lisbeth.

FAVART *à Eugène.*

Je me charge de tout.

LE MARÉCHAL.

Eh bien ! monsieur, vous n'êtes point parti ?

EUGÈNE.

Je pars, mon général. (*A part.*) Il ne s'en ira pas ; je n'aurai point ma lettre pour la tante de Lisbeth ; que faire ? que devenir ? je suis pris comme un sot. Ah ! monseigneur, je vous revaudrai celui-là. (*Il sort.*)

SCÈNE XVI.

LE MARÉCHAL, FAVART.

FAVART.

Je ne sais, monseigneur, si j'aurai bien rempli vos intentions. Mais, si vous daigniez vous-même.....

LE MARÉCHAL.

Un autre objet m'occupe en ce moment. *(A part.)* Ah !
Mademoiselle Lisbeth donne des rendez-vous !

FAVART, *à part.*

Il voudrait m'éloigner , mais je ne quitte pas la place.
(Haut.) Savez - vous bien, monseigneur, que je ne sais
auquel entendre : annoncer la bataille aujourd'hui ; chanter
demain la victoire.......

LE MARÉCHAL, *avec un peu d'humeur.*

Eh! monsieur, la victoire n'est pas encore gagnée.

FAVART.

C'est de la modestie, monsieur le Maréchal.

Air : *Le Magistrat irréprochable.*

> Lorsque vous marchez à leur tête ,
> Tout cède aux armes des Français ;
> Et, puisque le combat s'appréte,
> Je dois apprêter mes couplets.
> Ma muse n est jamais trompée
> Sur les exploits de son héros ;
> Et quand Maurice prend l'épée,
> Favart peut prendre ses pipeaux.

LE MARÉCHAL, *à part.*

Il choisit bien le moment pour me complimenter !

FAVART.

Monseigneur a-t-il décidé où je placerais mon théâtre ?

LE MARÉCHAL, *avec humeur.*

Bercaville est chargé de vous indiquer l'endroit.

FAVART.

Mais, il me semble , monseigneur......

LE MARÉCHAL.

Allez-le trouver, vous dis-je ; j'ai besoin d'être seul.

FAVART.

Je vous laisse, monseigneur.   *(Fausse sortie.)*

LE MARÉCHAL, *à part.*

Cela n'est pas malheureux. *(En avançant vers la porte
du Major.)* Voyons si la petite.....?

FAVART, *revenant.*

J'oubliais de vous demander, monsieur le Maréchal...

LE MARÉCHAL, *avec force.*

Pour Dieu, monsieur, courez exécuter mes ordres.

AIR : *Du lendemain.*

Quand l'esprit médite, on aime
A réfléchir sans témoin ;
Et de s'oublier soi-même
On éprouve le besoin.

FAVART.

Rien de tant de mal-adresse
Ne peut me justifier :

(*Avec intention.*)

Je vois qu'ici votre altesse
Vient s'oublier.

LE MARÉCHAL, *à part.*

M'aurait-il deviné ?

FAVART, *à part.*

Ma foi, mon pauvre Eugène, j'ai fait une belle défense.
(*Fausse sortie.*)

SCÈNE XVII.

LES MÊMES, UNE ORDONNANCE.

LE MARÉCHAL.

Eh bien ! que me veut-on ?

L'ORDONNANCE.

Un envoyé du prince Charles, qui vient d'arriver au quartier-général, demande à parler à son altesse.

LE MARÉCHAL, *avec dignité.*

Je m'y rends à l'instant même. Puissent les propositions qu'il m'apporte rendre inutiles mes projets pour demain.
(*Il sort. L'Ordonnance le suit.*)

SCÈNE XVIII.

FAVART, EUGENE.

EUGENE, *accourant du côté opposé à la sortie du Maréchal.*

Vivat : il est parti; le champ de bataille est à nous.

FAVART.

Comment ! Serait-ce un tour....?

EUGÈNE.

Non pas précisément : le hasard a tout fait. J'arrive au quartier-général ; j'y trouve. (*Imitant le baragouin allemand.*) un grand tiable d'Allemand qui temande à parler à Monsié lé comté te Sâxé; on ignorait à l'état-major où son altesse avait porté ses pas; moi qui ne le savais que trop, je n'ai rien eu de plus pressé que d'envoyér l'Ordonnance ; et j'espère, mon cher Favart, que si vous gardez-bien une place, je sais fort adroitement lui faire passer des secours.

FAVART.

Mais, n'avez-vous pas ordre de partir à six heures?

EUGÈNE.

Il n'est que cinq heures et demie; j'ai le temps d'avoir la lettre que Lisbeth m'a promise; j'engagerai sa tante à l'appeler auprès d'elle; et je vous prouverai, monsieur le Maréchal, que l'amour et la jeunesse luttent toujours avec avantage contre la richesse et la grandeur.

FAVART.

Ne perdons pas de temps ?

EUGÈNE, *sous la croisée.*

Lisbeth ! Lisbeth ! (*On entend sonner six heures.*) Chut, chut ! O ciel ! six heures sonnent ! je devrais monter à cheval, et je suis un homme perdu si l'on me voit dans le camp. Lisbeth ! Lisbeth ! Elle ne m'entend pas.

SCÈNE XIX.

LES MÊMES, COMÉDIENS et SOLDATS.

PREMIER ACTEUR.

AIR: *Vive un' tambourin qui nous réveille.*

Ma foi, vive un camp où l'on rassemble
Les jeux et les ris,
Comme à Paris !

TOUS.

Ma foi, vive un camp, etc.

UN SOLDAT.

Pour former un bel ensemble,
Maurice a su réunir
Gloire et plaisir.

TOUS.

Pour former, etc.

L'ACTEUR, *prenant la main d'un Soldat.*

Ne les séparons jamais.

EUGÈNE, *à Favart.*

En voici bien d'une autre. Eh ! mon ami, comment nous débarrasser d'eux ?

FAVART, *à Eugène.*

Je vais tâcher de leur faire entendre raison.

EUGÈNE.

Je crois qu'ils l'ont tous perdue.

PREMIER ACTEUR.

Eh ! nous te cherchons par-tout, monsieur le directeur ; nous sommes d'une inquiétude.....

FAVART.

Oui, c'est ce qui me paraît ; mais que venez-vous faire ici ?

PREMIER ACTEUR.

Te rejoindre, mon ami ; il y a plus de deux heures que nous buvons sans toi ; ça nous faisait trop de peine.

(47)

EUGÈNE, *bas à Favart.*

En restant plus long-temps je serais reconnu ; je cours prendre mes dépêches ; mais je reviens à l'instant. Tâchez de les éloigner ; et dussai-je crever tous les chevaux, je ne partirai point sans avoir vu Lisbeth. (*A Favart.*) Je n'ai n'ai d'espoir qu'en vous.

FAVART, *à Eugène.*

Un bon pilote n'abandonne le vaisseau que quand il est dans le port. *(Eugène sort.)*

SCÈNE XX. *(Pendant cette scène, la nuit vient peu-à-peu.)*

FAVART, COMÉDIENS, SOLDATS.

PREMIER ACTEUR.

Ah ! çà mon cher Favart, voilà des lurons qui nous ont bien-traités , et pour leur rendre ici la monnaie de leur pièce, il faut que tu nous chantes une ronde.

FAVART

Volontiers , mes amis. (*A part.*) Débarassons — nous d'eux , et remplissons en même temps les intentions du maréchal de Saxe.

UN SOLDAT.

C'est çà ! Le grand rond , morbleu : et nous allons faire chorus.

FAVART.

Et pour vous mettre en train, je vais vous dire d'abord une heureuse nouvelle.

TOUS.

Une nouvelle ! voyons ça.

FAVART.

AIR : *Un page aimait la jeune Adèle.*

Demain bataille, jour de gloire : ,
Quel beau moment pour des Français !
Que dans les fastes de l'histoire
Ce jour soit célèbre à jamais.

Des combats lorsque l'heure sonne,
Qu'ici les jeux soient suspendus,
Et pour les lauriers de Bellonne,
Quittez les pampres de Bacchus.

LES SOLDATS, *en chœur*.

Quoi ! demain, monseigneur
Nous conduit au champ de l'honneur ?

FAVART.

Demain.

LES SOLDATS, *en chœur*.

Demain ! Ah ! quel bonheur !

UN SOLDAT.

Ah ! çà, morbleu, n'est-ce pas une pièce que vous nous
jouez ?

UN AUTRE SOLDAT.

C'est que si vous alliez nous donner une fausse joie,
mille bombes !

FAVART.

Rassurez-vous.

Même air.

Soldats, l'instant de vaincre arrive ;
Que votre valeur brille encor :
Plus on la retenait captive,
Plus elle va prendre l'essor.
Ainsi, s'échappant du nuage
Qui trop long-temps sut l'arrêter,
La foudre, qui s'ouvre un passage,
N'en est que plus à redouter.

LES SOLDATS.

Est-il vrai qu'un héros
Nous arrache enfin au repos ?
Courons (*Bis.*) sous nos drapeaux.

LES COMÉDIENS.

Est-il vrai qu'un héros
Les arrache enfin au repos ?
Courez (*Bis.*) sous vos drapeaux.

Ensemble.

FAVART.

Oui, demain un héros
Vous arrache enfin au repos.
Courez (*Bis.*) sous vos drapeaux.

(Tout le monde sort, excepté Favart. Il fait nuit : on apperçoit dans le fond le maréchal envelopé d'un manteau.)

FAVART.

Bon j'apperçois Eugène ; mes couplets ont produit l'effet que j'attendais, et je sers à la fois l'honneur et l'amitié.

(Il sort.)

SCÈNE XXI.

LE MARÉCHAL, *seul.*

Sept heures vont sonner : Eugène ne saurait se trouver au rendez-vous ; et je dois à la belle un dédommagement. Cette petite Allemande. . . . . . m'occupe malgré moi. Ah ! Maurice, Maurice, ne seras-tu jamais raisonnable ? Est-il situation plus étrange ? Le maréchal de Saxe cherchant à se cacher au milieu de son camp ; tremblant d'être surpris par ses propres soldats ; et faisant la petite guerre avec son ancien page ! Mais il m'a défié : il veut user de ruse : et mon amour-propre piqué. . . . . O femmes, femmes, quel ascendant avez-vous donc sur nous ?

AIR : *Jadis un célèbre empereur.*

> Ce roi, dont l'ame et la valeur,
> Furent sans reproche et sans tache,
> Et qui, pour guide au chemin de l'honneur,
> Aux Français offrit son panache ;
> Dans un combat cherchait le plus grand jour,
> Et se cachait pour une nuit d'amour.

Mais Lisbeth ne vient pas. L'aurait-on prévenue ?

4

SCÈNE XXII.

LE MARÉCHAL, LISBETH *à la croisée.*

LISBETH.

Est-ce vous monsieur Eugène ?

LE MARÉCHAL, *déguisant sa voix.*

Oui : c'est moi : descendez.

LISBETH.

Non, Non, voici la lettre.

LE MARÉCHAL, *avec étonnement.*

La lettre, dites-vous ?

LISBETH.

Vous savez bien qu'elle doit déterminer ma tante à hâter notre mariage. (*Elle la jette.*) La voici.

LE MARÉCHAL.

Je la tiens.

LISBETH.

N'oubliez pas de la remettre.

LE MARÉCHAL, *à part.*

Jolie commission. (*Haut.*) Elle est en bonnes mains.

LISBETH.

Partez-vîte, mon ami : si le maréchal de Saxe. . . .

LE MARÉCHAL.

Oh ! je n'ai pas peur de lui.

LISBETH.

Voilà comme vous êtes ; on le dit si sévère.

LE MARÉCHAL, *à part.*

M. Eugène me fait une belle réputation. (*Haut.*) Cette sévérité-là ne tiendrait pas contre vous.

LISBETH.

S'il vous trouvait ici, il ne vous pardonnerait pas de négliger votre devoir pour moi.

LE MARÉCHAL.

Il m'excuserait; il vous a vue. Et n'avez-vous pas tantôt remarqué dans ses regards.....?

LISBETH.

Tenez, mon ami, la jalousie vous égare ; vous ne savez ce que vous dites ; partez, je vous en conjure.

LE MARÉCHAL.

Quoi ! vous quitter sitôt ? (*A part.*) Cela ne fait pas mon compte.

LISBETH.

J'entends du bruit ; adieu. (*Elle ferme la croisée.*)

SCÈNE XXIII.

LE MARÉCHAL, SANSREGRET, *sortant avec une lanterne.*

SANSREGRET.

Je vais chercher le Major au quartier-général.

LE MARÉCHAL, *à part.*

Maudit soit l'importun. Laissons-le passer.

SANSREGRET.

J'ai vu marcher un homme..... Qui va là ?

LE MARÉCHAL, *à part.*

Insolent ! Le plus prudent, je crois, est de me retirer.

SANSREGRET.

Il n'a pas répondu ; faut que ce soit un coquin.

LE MARÉCHAL, *allant à lui.*

Te tairas-tu, maraud ?

SANSREGRET.

Moi, me taire ! non, corbleu ; et vous allez me suivre à la grande garde du camp.

LE MARÉCHAL, *le repoussant.*

A la garde du camp ? Je t'apprendrai à parler poliment.

SANSREGRET.

Si j'avais mes deux bras, mille bombes..... Alerte ! alerte ! aux armes !

LE MARÉCHAL, *à part.*

Le malheureux sera cause que je serai reconnu. (*Haut.*) Prends cette bourse, et tais-toi.

SANSREGRET.

Ah ! tu veux me séduire ! Alerte, alerte ! aux armes !

(*On entend dans le Camp un roulement de tambours.*)

LE MARÉCHAL.

Je vois bien qu'il faut ici que la force remplace l'adresse. (*Il jette Sansregret par terre.*)

SANSREGRET.

Ahie ! ahie ! au secours !

SCÈNE XXIV.

LES MÊMES, EUGÈNE.

EUGÈNE, *à part.*

Quel bruit ai-je entendu sous les croisées de Lisbeth ?

LE MARÉCHAL, *à part.*

C'est Eugène, je crois. Il ne serait pas parti ! Oh ! trop heureux Maurice !

EUGÈNE, *à part.*

Serait-ce le maréchal ?

LE MARÉCHAL, *à Eugène.*

Arrivez donc, monsieur ; il y a une heure que je joue ici votre rôle : reprenons chacun le nôtre.

(Il lui jette le manteau sur les épaules.)

SANSREGRET, *par terre.*

Arrêtez ! arrêtez !

EUGÈNE.

Quoi ! monseigneur !

LE MARÉCHAL.

Silence, mystère impénétrable ; et je me charge de tout vis-à-vis du Major. *(Il se sauve.)*

EUGÈNE, *à part.*

Il s'en repose sur moi : ne le compromettons pas.

SANSREGRET, *qui s'est relevé, prend Eugène au collet.*

Ah ! pour cette fois-ci, tu ne m'échapperas pas.

SCÈNE XXV et dernière.

LES MÊMES, LE MARÉCHAL, LE MAJOR, FAVART, LISBETH, *sortant de chez elle ;* SUITE DU MARÉCHAL, SOLDATS, *apportant des flambeaux.*

(On lève la rampe.)

LISBETH, *à part.*

Serait-ce Eugène qu'on aurait surpris ?

LE MARÉCHAL.

D'où vient ce bruit, messieurs ?

SANSREGRET.

Mon général, c'est une arrestation. Il a voulu me gagner ; un vieux soldat comme moi ! mille-z-yeux !

LE MARÉCHAL.

Que vois-je ? mon aide-de-camp !

EUGÈNE, *ôtant le manteau.*

Et toujours digne de l'être, monsieur le Maréchal.

FAVART, *à part.*

Il aura fait quelque imprudence.

LE MAJOR.

Encore ici cette damné d'Euchène ?

LISBETH, *à part.*

Là ; je l'avais bien prévu.

SANSREGRET, *à Eugène.*

Mon officier, vous avez le poignet fort. Je vous demande bien pardon si.....

LE MARÉCHAL, *à Sansregret.*

La nuit excuse tout. (*A Eugène.*) Que faisiez-vous ici, monsieur ?

EUGÈNE.

Je vous assure, monseigneur, qu'il n'y a qu'un instant....

LE MARÉCHAL.

Qu'allez-vous dire, monsieur, pour vous justifier ? Ne devriez-vous pas être à présent à Maëstricht, et ne venez-vous pas d'être surpris sous ces fenêtres ?

EUGÈNE.

Mais, monseigneur.....

LE MARÉCHAL.

Silence. Ne cherchez pas à nier une chose évidente. (*Bas à Eugène.*) Laissez-moi faire, monsieur.

LE MAJOR.

En m'ôtant mon épée, cheune homme, fous ne m'afez pas ôté le troit de vancher mon honneur.

LE MARÉCHAL.

Oui, Major ; vous avez raison ; et j'entends bien que la réparation la plus éclatante......

ÉUGÈNE, *à part.*

Que veut-il faire ?

LISBETH.

Oh, ciel ! je meurs d'effroi.

LE MARÉCHAL, *à Lisbeth.*

Rassurez-vous, mademoiselle ; j'espère que la réparation sera satisfaisante pour vous.

EUGÈNE.

Quoi ! monseigneur prétend......

LE MARÉCHAL.

Que le plus prompt mariage répare cette offense : j'ordonne demain l'échange du Major ; j'ajoute 5o,ooo francs à la dot de sa nièce ; je donne un régiment à monsieur, et je fais la noce à Bruxelles.

EUGÈNE, *à part.*

Et moi, le lendemain, j'emmène mon épouse à Maëstricht.

LE MAJOR.

Monseigner exigerait......

LE MARÉCHAL.

Mon cher Major, il n'y a point à reculer.

LE MAJOR.

Si monseigner l'ordonne.....

EUGÈNE, *vivement.*

Ah ! monsieur le Maréchal.

LE MARÉCHAL, *avec intention, à Eugène.*

Trouvez-vous, monsieur, que je rende ici justice à tout le monde ?

EUGÈNE.

Je reconnais là le maréchal de Saxe.

LISBETH.

Que de bontés, monseigneur !

EUGÈNE, *à part.*

Le grand homme s'est pris dans ses propres filets.

FAVART.

Monseigneur sait mieux que moi conduire un dénouement.

LE MARÉCHAL.

Quant à vous, monsieur Favart, je suis content de vos couplets. L'armée est dans les meilleures dispositions, et j'espère bien en profiter demain. En attendant, M. le Prince Charles m'a fait remettre, pour vous et votre troupe, ce sauf-conduit, dont je vous permets de faire usage pour aller jouer la comédie dans son camp.

EUGÈNE, *bas à Favart.*

C'est là ce qu'apportait mon envoyé de tantôt.

FAVART.

Quoi ! monsieur le Maréchal dans le camp des ennemis ?

LE MARÉCHAL.

Nous ne le sommes, monsieur, que sur le champ de bataille.

EUGÈNE, *aux soldats.*

Le prince Charles est trop bon.

Air *du Ballet des Pierrots.*

Mes-amis, envers son altesse
Nous devons nous piquer d'honneur :
Faisons assaut de politesse,
Aussi-bien qu'assaut de valeur ;
Et lorsqu'à la troupe ennemie,
Favart, d'un ton plus amical,
Aura donné la comédie,
Nous irons lui donner le bal.

VAUDEVILLE.

Air: *Repas en voyage.*

FAVART.

Au champ de victoire,
Unissons par un traité,
Aux fils de la gloire,
Ceux de la gaîté.

CHŒUR.

Au champ, etc.

D'humeur indocile,
Si le Vaudeville
Parfois à la ville
Chansonne les sots,
Quittant la malice,
Sa jeune milice
Vient près de Maurice
Chanter les héros.

CHŒUR.

Au champ, etc.

LE MARÉCHAL.

J'aime à reconnaître
Pour guide et pour maître,
L'enfant qu'on vit naître
De Mars et Cypris.
L'Amour dut me plaire;
Et l'on peut, j'espère,
Sans blesser un père,
Caresser son fils.

CHŒUR.

Au champ, etc.

LISBETH, *à Eugène.*

Par un doux servage,
Au printemps de l'âge,
L'hymen nous engage
Dans son régiment.
Eugène sans cesse
Aura ma tendresse,
Pourvu qu'il me laisse
Le commandement.

CHŒUR.

Au champ , etc.

SANSREGRET.

Quand je me rappelle
Qu'armé par le zèle ,
Un bras infidèle
Vint à me manquer.
C'est un sort funeste ;
Mais je me dis, zeste,
Songe qu'il te reste
L'autre pour trinquer.

CHŒUR.

Au champ , etc.

EUGÈNE , *au public.*

Messieurs, pour qu'Eugène ,
Nouveau capitaine ,
Conserve sans peine
Un grade qui lui plait ,
Servez-lui de père ,
Et que du parterre
La main tutélaire
Signe son brevet.
Quoiqu'un militaire
Ne doive pas reculer ,
Certain bruit de guerre
Le ferait trembler.

CHŒUR.

Quoiqu'un militaire, etc.

FIN.

LA
PROGRESSION DES BUDGETS

EN FRANCE

DU XIIIe SIÈCLE A NOS JOURS